# 大偵探
## 福爾摩斯
### ──花斑帶奇案──

SHERLOCK HOLMES

# ❧序❧

　　20多年前留學日本時，看過一套電視動畫片集，叫做《名探偵福爾摩斯》，劇中人物全都是狗。這個擬人化手法，把福爾摩斯查案的經過拍得活靈活現，瘋魔了不少日本小朋友，也讓我留下深刻印象。後來才知道，這套動畫片集的導演不是別人，原來就是後來拍了《天空之城》、《龍貓》和《崖上的波兒》的大導演宮崎駿！

　　創作這套《大偵探福爾摩斯》圖畫故事書時，與負責繪畫的余遠鍠老師談起這段往事，我們都覺得這個手法值得參考。但珠玉在前，怎樣才能編繪出不同的變化呢？經過一番討論後，我們決定再激進一點，索性把整個動物世界搬過來，把福爾摩斯變成一隻擬人化的狗、華生就變成貓，其他還有兔子、熊、豹和熊貓等等。

　　於是，在余遠鍠老師的妙筆之下，一個又一個造型豐富多彩的福爾摩斯偵探故事，就這樣展現在眼前了。希望大家也喜歡吧。

厲河

余遠鍠

# 大偵探福爾摩斯
## 花斑帶奇案

# 登場人物介紹

### 福爾摩斯

居於倫敦貝格街221號B。精於觀察分析，知識豐富，曾習拳術，是倫敦最著名的私家偵探。

### 華生

曾是軍醫，為人善良又樂於助人，是福爾摩斯查案的最佳拍檔。

### 李大猩＆狐格森

蘇格蘭場的孖寶警探，愛出風頭，但查案手法笨拙，常要福爾摩斯出手相助。

### 小兔子

扒手出身，少年偵探隊的隊長，最愛多管閒事，是福爾摩斯的好幫手。

### 少年偵探隊

全是街童出身，有時會變身為街頭探子，為福爾摩斯收集情報。

## 海倫＆茱莉亞

孿生姊妹。姊姊茱莉亞死於
非命，妹妹海倫正受到生命
威脅。

## 羅洛特醫生

海倫兩姊妹的後父，性格
野蠻粗暴，喜愛飼養野生
動物，曾在印度行醫。

## 鐵匠

與羅洛特不和的
其中一名村民。

## 吉卜賽人

在羅洛特大宅的花園紮營的浪民，雖然
與羅洛特友好，但對他也有所畏懼。

# 兇暴的羅洛特

「哇呀！」小橋上傳來一陣慘叫聲。

只見橋上一個身材魁梧的大漢把一個男人舉起，然後用力一拋，把那可憐的男人擲到橋外去。「噗通」一聲巨響，那男人掉進河中，濺起了大片水花。

「哼！」大漢一腳把橋上載滿工具的手推車踢翻，悻悻然道：「居然看到我們過橋也不讓路，還想和我理論，實在太不識時務了！這附近有誰不知道我羅洛特是這兒的霸王！」

跟在他身後的四個**吉卜賽人**看得目定口呆，他們雖然都是這位自稱霸王的朋友，但也被他那魯莽和粗暴的行徑**嚇倒**了。

「走吧！」大漢向他們揮一揮手，就用力地踏着橋板，跨出大步過橋去了。

其中一個看來是領頭的吉卜賽人，在這麼一聲呼喊下，才**如夢初醒**似的回過神來，以奉承的語氣高聲說：

羅洛特先生果然名不虛傳，這麼輕易就舉起一個人，真是力大如牛呢！

是啊！是啊！真了不起。

另外三個吉卜賽人也連忙附和。

8

這個羅洛特是這一帶的名人，他在附近擁有一間連花園的大屋，是 **史都克‧摩倫** 的名門之後。

就在羅洛特把過橋的男人**扔**下河的時候，一個年輕女子躲在不遠處的樹林中窺視，她目睹了一切，顯得非常害怕。這也難怪，羅洛特在這附近出名**橫蠻無理**，動不動就出手打人，加上他力大如牛，村民們都怕了他。

然而，真正令村民們感到害怕的，還是那宗不可思議的命案——兩年前的一個深夜，羅洛特的大女兒從睡房中突然衝出走廊，說了一句「**花斑帶**……**花斑帶**……」後，就一命嗚呼死去了。而且，她的死因到現在都仍然是個**謎**……

# 躲在暗角的威脅

　　清晨，貝格街行人稀少，小兔子和他那幾個少年偵探隊的隊友拿着掃帚，正在街上忙着打掃。為了獲得清道夫的一點兒打賞，他們有時就會這樣一清早爬出被窩，相約在街道上幫忙清潔。

掃呀、掃呀、

……小兔子由街

頭掃起，一直掃到福爾

摩斯居住的貝格街221號B門前時，一個不

留神，掃到一個年輕

女子的腳上去。

「哎呀！小姐，

對不起。」小兔子

連忙道歉。

「沒關係。」那個年輕女子慌忙退開，有點兒慌張地往前走了幾步，但馬上又回過頭來，再走到221號B門前，舉頭看了一看，卻又有點猶豫，下不了決心推門進去。

小兔子覺得奇怪，於是問：「小姐，你找誰？」

「我想找……」年輕女子欲言又止，不知道該不該說出來。

「這附近我人面最廣，沒有什麼人不給我面子的，是不是**找人晦氣**？儘管說，那人是誰？我把他叫出來，為你討個公道。」小兔子一手把掃帚撐在地上，一手用**拇指**指着自己的鼻子，裝出「**我就是老大**」的架勢，好不威風。

「不、不，我不是找人晦氣，只是想找一位叫……福爾摩斯的先生。」年輕女子慌忙說。

小兔子聞言，眼珠子一**轉**，說：「啊，以為你找誰，原來是福爾摩斯先生嗎？他是我的**好朋友**，但他這人脾氣古怪，不肯隨便見人，我叫他的話，他或許肯見你。不過，現在才七點多，他可能還沒起床啊。」

「我也知道太早了，所以才不知道該不該拍門進去⋯⋯但我又有急事⋯⋯」年輕女子好像受到什麼*威脅*似的，一邊說一邊回頭*張望*，顯得又焦急又害怕。

就在女子回頭往背後看過去的一剎那，對面街角有個黑影突然往後*一閃*，慌忙躲到暗角裏去。那黑影似乎一直在監視着年輕女子的一舉一動。

小兔子並沒有注意到這些，只是自告奮勇地說：「*有急事嗎？*那就不要管福爾摩斯先生睡醒了沒有，我幫你去叫醒他。」

說完，小兔子把掃帚往門旁一丟，就逕自衝上樓去了。那位年輕女子想叫也叫不住。

不一會，小兔子又*衝*下樓來，對年輕女子說：「不出所料，福爾摩斯先生還在睡覺

呢！」

「啊……是嗎？那怎麼辦呢？」女子有點焦急地**自言自語**。

「還用問嗎？當然是衝上去見福爾摩斯先生啦！我已經把他叫醒了！」小兔子興奮地說，他看到這位女子**焦急**的模樣，大概已猜出有什麼事情發生了，對於好管閒事的小兔子來說，這是比什麼都值得**興奮**的。

說完，小兔子一手拉着還在遲疑的年輕女子，直往樓上衝去。

這時，那個在對面監視的黑影步出，原來那是一個**身材魁梧**的男人，他目露兇光，看來正在等待時機採取行動。

# ★姊姊之死

這時，福爾摩斯已換好衣服，他走到華生的睡房中，想叫醒仍在床上沉睡的華生。

「**起床吧。**」他推一推華生的肩膀。

*睡眼惺忪*的華生看一看床頭几上的鬧鐘，不滿地說：「才7時15分啊，如果不是**火燭**的話，讓我多睡一會，有什麼事你自己去處理吧。」說完，華生把肩上的棉被一拉，蓋過自己的頭，又倒頭大睡去了。

福爾摩斯瞥見華生的腳正好露在**被窩**外面，頑皮地笑一笑，再用手指往他的腳板**搔**了幾下。

「哎吔！**好癢呀！**」華生從床上彈起來，「你實在太過分啦！」

「哈哈哈！終於起床了嗎？」福爾摩斯笑道，「我給小兔子**吵醒**，你也不該再睡呀，否則就太不公平了。據小兔子說，有一位年輕漂亮的小姐來找我，她一清早來拍門，肯定有什麼急事了。」

華生的腳板實在被搔得太癢了，他已睡意全消，加上聽到福爾摩斯這麼說，只好起床換衣服，但嘴裏仍**嘀咕**：「唉……想睡一覺好的也不行，小兔子叫醒你，為何一定要我也陪着**受罪**？還說什麼不公平，你對我太不公平才對啊！」

不一會，福爾摩斯兩人走出客廳，只見窗邊坐着一個年輕女子，她戴着一頂闊邊帽，帽子下面垂着一塊黑紗，她見到兩人走近，連忙站起來。

福爾摩斯朗聲道：「**早安！**我是福爾摩斯，這位是我的好朋友華生。咦？小兔子，你已生好**火**了？好懂事呢。」

「嘻嘻嘻。」小兔子蹲在壁爐前搔搔後腦勺笑道，「吵醒你不好意思，這位小姐說有急事找你。」

「小姐，你看來冷得打顫了。來！到壁爐這邊坐吧。」福爾摩斯把一張椅子拉到壁爐旁邊，並對小兔子說，「到樓下去找房東太太煮一杯**咖啡**，讓這位小姐暖和一下。」

「遵命！」小兔子行了個軍禮，就**衝**下樓去了。

煮咖啡

那女子依指示坐下，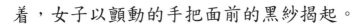地低聲

說：「其實……我不是冷得打顫。」

福爾摩斯覺得

奇怪，於是問：

「啊，是嗎？那麼

為何全身**顫抖**得

那麼厲害？」

「害怕……我是

因為**害怕**……」說

着，女子以顫動的手把面前的黑紗揭起。

福爾摩斯和華生互看一眼，好一位漂亮的

女子，但她臉色**慘白**，像一隻墮進陷阱的小

動物那樣，眼神顯得惶

恐不安。

「不必害怕。」

福爾摩斯輕輕地拍一拍她的手臂，「我們一定能夠幫你解決**難題**的。對了，你今早是乘**火車**來的吧？」

「啊，你怎知道的？」女子驚訝地問。

「因為你手上還拿着火車的 回程票 呢。你趕着今天就要回去吧？」福爾摩斯問。

「是的。」女子看一看手上的票，才發覺自己沒有把票收好，看來她實在太過緊張了，一路上**緊握着**車票走過來。

「還有，你今早一早**出門**，

叫了一輛小型的二
輪馬車，還坐在馬
車的左邊，經過
一條佈滿泥濘的

小路，花了一點時間才去到火車站
吧？」福爾摩斯問。

　　年輕女子詫異得張口結舌，看一看華
生，又看一看我們的大偵探，彷彿想問：「你
怎可能都知道得一清二楚？」

　　「很簡單嘛。你外衣左
邊的衣袖上，沾了七小點
泥污。它們看來還是濕潤
的，證明沾了不久，即是
說，你是在今早沾上的。此外，能把泥濘濺得
這麼高的馬車，除了小型的二輪馬車外，別無

其他。泥濘濺在你的左袖上，顯示你是坐在馬車左邊的座位上。」福爾摩斯一口氣說出了自己的推論。

不知什麼時候，小兔子已捧着咖啡站在門口，他似乎也聽到了一切，顯得異常興奮，衝前放下咖啡後，馬上拉起年輕女子的衣袖數着：「1、2、3、4、5、6、7，果然是沾了七小點泥污呢。福爾摩斯先生連這麼細微的東西都看到，真厲害啊。」

年輕女子也看一看自己手袖，然後以哭訴似的語氣說：「你猜得對，我六時前離開家門，花了大約20分鐘時間乘小型二輪馬車到達賴德漢火車站，然後乘第一班火車抵達倫敦的滑鐵盧站，再來到這裏。我實在太害怕，我已不能再忍受提心吊膽的生活了。之前，我曾

寫信去請教**法林多西太太**，她是我的朋友，她回信說你很可靠，一定可以幫我。」

「啊，法林多西太太嗎？我記得她，那是一宗關於**蛋白石**的案件。對了，究竟什麼事讓你**提心吊膽**呢？」

「說起來請勿見笑，其實……我什麼證據也沒有，只是……純粹的**直覺**而已。」年輕女子說來有點**吞吞吐吐**，看來對自己所想說的

事情也沒有太大信心。

「沒關係，請說出你的直覺就行。有時，**直覺**比**嚴謹的分析**更來得**準確**呢。」

「對！直覺是很準確的，我的直覺就萬試萬靈，例如今天一早起床就覺得會有事發生，果然就在樓下**碰見**了你。」小兔子誇張地附和。

「小兔子，不要插嘴，人家在談正經事嘛。」華生向小兔子**瞪了一眼**。

小兔子吐吐舌頭，就不敢作聲了。

「我名叫**海倫·史東立**，你們叫我海倫就行了。我和父親兩個人一起住在薩里的祖屋。最近這幾天，我在半夜常常感覺到一些異樣。例如，昨天**半夜三點鐘**左右⋯⋯」

……我正沉睡在夢鄉之中，嘶嘶嘶嘶斯斯斯嘶嘶嘶嘶嘶嘶嘶嘶嘶嘶嘶嘶嘶嘶……耳邊卻傳來了一陣又一陣輕微的怪聲。我赫然張開雙眼，一手抓起放在床頭的火柴盒，急忙抽出一枝火柴，「嚓」的一聲擦亮了它。

房間頓時亮了起來，我向四周看了一看，什麼都沒有呀……正在狐疑之際，忽然，不知從什麼地方又傳來了一陣微弱的口哨聲。

嗶嗶嗶 嗶嗶 嗶嗶嗶 嗶嗶嗶 嗶嗶 嗶嗶嗶 嗶嗶嗶

福爾摩斯和華生都聽得入神。

小兔子更被嚇得**瞪大**了眼睛，說：「難道⋯⋯是**鬼怪**作祟？」

「世上哪有什麼鬼，海倫聽到怪聲，只有兩個原因，一就是怪聲是由某些東西造成，例如風吹進門窗縫隙時發出的聲響；二就是心理作用，由於內心的某些**恐懼**，夜裏發夢時就會以為自己聽到什麼聲音了。」華生分析道。

福爾摩斯想了一想，問道：「海倫，你們那裏昨夜風大不大？」

「昨夜幾乎沒有風，屋外也很寧靜，那些聲音絕對不是**刮風**造成的。」海倫肯定地回答。

「你說連續幾天都聽到同類的**怪聲**，究竟是從哪一天開始聽到的？」

「是自從我搬到**孿生姊姊**的房間後就聽到的，我是上星期五搬進去的，今天是星期二，即是說，我已**連續四晚**在半夜都聽到怪聲了。」海倫說。

「連續四晚也聽到怪聲，似乎與發夢時的**幻聽**沒有什麼關係，因為不可能連續四晚也做同一個夢。」福爾摩斯否定了發夢的說法，但他接着問，「你說搬進姊姊的房間後才聽到怪聲，這點倒有點**可疑**。對了，你為什麼忽然搬到姊姊的房間去，難道她剛剛出嫁了，把房間空了出來嗎？」

海倫面帶憂傷地說：「不，其實姊姊已於兩年前死了，她本來還有幾天就**出嫁**，卻無緣無故地突然死去，而且，她死前幾天也是同樣聽到那些**口哨聲**。」說着，海倫不禁嗚咽起來。

　　「無緣無故地死去，而且死前也同樣聽到那些口哨聲？這麼說來，如果她的死與口哨聲有關，口哨聲豈非就像一個死亡威脅的預告？」福爾摩斯**擦一擦**鼻子，似乎從海倫的說話裏嗅到一股不尋常的**氣味**。

　　華生和小兔子也感到非常不可思議，屏息靜氣地等待海倫說下去。

　　「*是這樣的……*」海倫強忍着淚水，繼續說。

　　兩年前那個可怕的晚上，我今生今世也不會忘記。我記得當晚我正想上床睡覺時，孿生姊姊**茱莉亞**來到我的房間，向我投訴說：「海倫，爸爸又在抽印度雪茄了，那股**煙味**傳到我的房間，很難令我入睡啊。」

　　由於姊姊的房間在家父房間的隔壁，他的**雪茄煙味很易傳過去**，姊姊很討厭人家抽煙，也難怪她難以入睡。不過，家父是個脾氣非常**暴躁**的人，大家都怕了他，姊姊也不敢走去向他投訴。

　　於是，我只好安慰她：「忍耐多幾天吧，反正你很快就要出嫁了，以後就不用再聞爸爸的臭煙味了。」

「說得也是，過幾天就可以脫離這個苦海了。只是……只是覺得對不起你，要讓你一個人留在這個鬼地方……我真的很擔心。」姊姊充滿歉疚地說。

「說什麼啊！你可以常常回來探望我呀，我也可以去探望你。我是不愁寂寞

的。況且，我也會出嫁的嘛。」我口裏這樣說，只是希望可以讓姊姊安心一點，其實心裏很羨慕她，因為我自己也想儘快離開這個叫人坐立不安的家。

「對的，你一定會很快找到對象的。」姊姊稍為安心了。

「當然啦，我會找到一個比未來姊夫更英俊、更壯健的男人！」我開玩笑說。

姊姊聽我這樣說，被我逗得笑出聲來，看來她已沒有那麼擔心了。可是，當她正要離開我的房間時，忽然又轉過身來問：「你在半夜有沒有聽到一陣陣奇怪的口哨聲？」

「口哨聲？沒有呀。」我回答。

「這幾天半夜，我都聽到一陣陣『噓 噓噓……噓噓噓……』的口哨聲。你知道，我一向睡得很淺，這幾天的半夜都給那口哨聲吵醒了。」

「是從哪兒傳來的口哨聲？」我問。

「我也不清楚，好像是從花園傳過來的，又好像從隔壁爸爸那邊傳過來的。」

「一定是在前園紮營的那班吉卜賽人吧，他們有時到深夜也不睡覺，聽到他們吹口哨並不奇怪。」我猜想道。

「說得也是，一定是他們。沒什麼事了，不用放在心上，你也早點睡吧。」姊姊說完後，就回到自己睡房去了。

我雖然覺得姊姊的這番

說話有點奇怪，心裏也有點**不安**，但又想不出什麼不妥當的地方，於是也上床睡覺去了。

「不過，怎料到……怎料到……」說到這裏，海倫的嘴唇不住地**顫抖**，她聲音哽咽，看來已無法再說下去了。

華生見狀，連忙把茶几上的**咖啡**遞到海倫面前，輕聲地說：「來，先喝一口小兔子煮的咖啡吧。**不必急，慢慢再說。**」

這時，福爾摩斯則把頭在沙發上，雙眼緊閉，在外人看來，他彷彿正在閉目養神，對海倫所說的一切皆**無動於衷**。當然，華生和小兔子都知道，我們大偵探的腦筋已**全速運轉**，沒有放過海倫所說的每個細節。

海倫沒有注意到福爾摩斯的動靜，她以顫動的雙手接過咖啡，喝了一口，鎮靜情緒後繼續說：「我發夢也沒料到，姊姊踏出我的房門後，永遠也無法再來和我**促膝談心**了……」

那個夜晚就像昨天晚上那樣，外面非常寧靜，**一點兒風聲也沒有**。我睡得並不好，大概是心裏仍記掛着姊姊關於口哨聲的那番話吧。

到了半夜三點鐘左右，我仍在半睡半醒之際，突然傳來了「**哇呀**」的一聲悲鳴，嚇得我整個人也從床上**跳**起來。

「是姊姊房裏傳來的喊叫聲！」我**下意識**的反應告訴自己，於是馬上起床衝出房間，跑到姊姊的房門前，正想拍門之際，

姊姊卻自己打開了房門，**步履不穩**的走出來，她兩眼浮現出無助的眼神，並撲前**抓**着我的雙臂說：「能⋯⋯幫我⋯⋯請幫芒⋯⋯請幫花⋯⋯」

說完，她雙手一鬆，就**倒**在地上昏過去了。我連忙蹲下來一邊搖她一邊大叫：「**姊姊！姊姊！**」希望把她叫醒。

這時，家父可能聽到了叫聲吧，也急急忙忙地**衝出**房門，蹲下來為姊姊把脈，和翻開她的眼瞼檢查了一下。可惜的是，姊姊已經……斷氣了。

39

# 密室殺人事件?

聽到這裏，福爾摩斯微微地張開了眼睛，問：「花斑帶？是什麼意思？」

「我也不知道，但我很清楚聽到姊姊說的是『花斑帶』。」海倫說。

「『花斑帶』……好奇怪的東西呢。難道與你姊姊的死因有關？」華生問。

「但經過警方現場搜證和驗屍，也查不出姊姊的死因。至於姊姊口中的『花斑帶』是什麼意思，直至現在仍然是個無法解開的謎。」海倫答道。

福爾摩斯沉吟半晌，又問：「對了，你還沒說為什麼突然搬到

姊姊的房間去呢。此外，你提到的吉卜賽人又是什麼回事？他們為何會在你家的前園**紮營**？」

「家父是個脾氣古怪的人，他很喜歡與流徙至我家附近的吉卜賽人交往，有時還會與他們一起外出**打獵**，所以允許他們在我家前園紮營。至於我換房的原因，是家父突然說要裝修，在未得我同意下催人**拆毀**了我的房間，強迫我搬進姊姊的房間去。」海倫答。

「就是說，你搬進那房間後，跟你的亡姊一樣，在半夜聽到那個不明來歷的**口哨聲**了？」福爾摩斯問。

「是的。我未搬進姊姊的房間之前，並沒有聽過那口哨聲。」海倫說

到這裏停了一下，好像突然想起什麼似的說，
「呀，不對。姊姊死於非命的那一個晚上，當
我被驚呼聲吵醒衝出走廊時，好像也聽到一陣
微弱的口哨聲，後來還聽到　　　　　的一
聲。」

「『鏘』的一聲？那是
金屬碰撞的聲響吧？」福爾摩斯自言自
語，然後再問，「那麼，自此之後，你兩年來
都沒有再聽見過那口哨聲了？」

「是的，直至前幾天搬進姊姊的房間為
止。」

聽海倫說完，福爾摩斯又沉吟半晌，然
後說：「聽你這樣說，那口哨聲肯定與你姊姊
的房間有關了。你可以描述一下你家的
居住環境嗎？」

「可以借一張紙和一枝筆給我嗎？我學過繪畫，可以把平面圖畫出來給你參考。」海倫說。

「啊，你能繪圖嗎？那太好了。」說着，福爾摩斯從抽屜中取出紙筆交給海倫。

只見她在紙上這裏畫一畫，那裏畫一畫，不一會，一張非常清楚的平面圖展現在眼前。

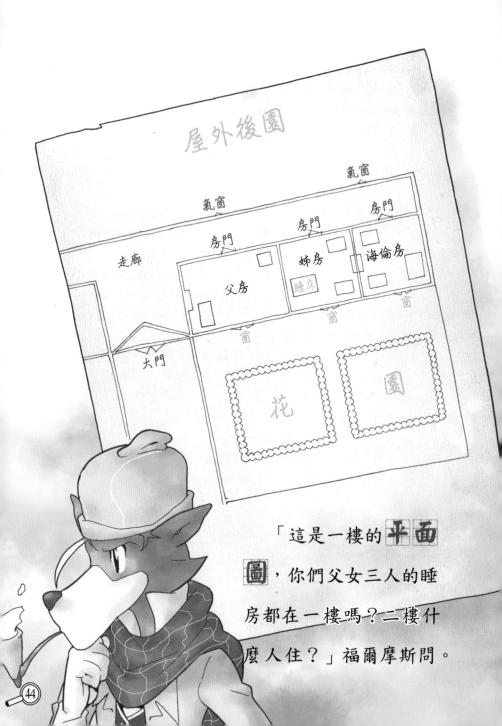

屋外後園

氣窗

氣窗

走廊

房門

房門

房門

父房

姊房

睡床

海倫房

窗

窗

窗

大門

花

園

「這是一樓的 平面 圖，你們父女三人的睡房都在一樓嗎？二樓什麼人住？」福爾摩斯問。

「我們這間祖屋有200年歷史，二樓的走廊太殘舊了，走過時都會嘰嘰作響，家父又不願意花錢修葺，所以我們都住在地下一樓。」

「你們三間面向花園的房間都各有一扇窗，平時睡覺時會關上嗎？」

「會。因為家父在花園中養了一頭從印度帶回來的獵豹和一頭狒狒，加上又有吉卜賽人在花園出入，為了安全，我和姊姊都會關上木窗。此外，我們也習慣把房門鎖上才睡覺的。」

「走廊的那兩扇氣窗呢？」

「走廊的氣窗很小，只用作透氣，人是不能穿得過的。」

「又是密室殺人事件嗎？」福爾摩斯閉起眼睛，彷彿他自己也被關進一間狹窄的密室之中，正在苦思冥想如何脫身。

# 後父的出身

「我也有一個問題。」華生好像等了很久似的問，「令尊是個醫生嗎？你剛才說姊姊死時，令尊替她把脈和翻開眼瞼檢查，這是醫生的慣常動作。」華生自己是醫生，所以特別注意這些細節。

「是的，他是個醫生，但現在已沒有行醫了。家父名叫格斯比‧羅洛特，他是史都克‧摩倫的名門之後。」

「唔……史都克‧摩倫的羅洛特家族嗎？這個名字我也略有所聞呢。」福爾摩斯說。

「我的親生父親早死，家母在我和孿生姊姊兩歲時嫁給了在印度行醫的羅洛特醫生。所

以，現在的父親其實是我的**後父**。」海倫說，「不過，後父個性雖然比較固執，但初時對我們兩姊妹還不錯。」

「之後有了什麼**變化**嗎？」

「是的。八年前我們舉家遷回倫敦，後父開了一家診所。可是，家母因為一宗火車交通**意外身亡**後，他結束了倫敦的診所，帶我們一起搬回薩里的祖屋居住，自此性情大變，由固執變成**偏執**，脾氣也日漸暴躁，經常因小事與附近的村民爭執，大家都怕了他。」

「他不僅是脾氣暴躁那麼簡單吧？我估計他還常常使用**暴力**呢，對嗎？」福爾摩斯出其不意地問道。

「這……」海倫猶豫不語。

我們的大偵探一把**抓起**海倫的左手，指着她手腕上面**添紅**了的指痕問：「這是你後父造成的吧？」

「他的力氣很大，昨天……是他捉着我問話時……造成的。早兩天，他因為小事，還把村裏的鐵匠**扔**到河裏去……」海倫答得**吞吞吐吐**。

「唔……一個偏執又愛使用暴力的人，跟村民不和，卻喜歡與吉卜賽人交往嗎？你的後父也頗特別呢。」福爾摩斯若有所思的道。

「福爾摩斯先生！**請你救救我吧！**」海倫突然提高聲調哀切地請求，「我姊姊聽到那口哨聲後就離奇地死去，現在又輪

到我聽到那可怕的口哨聲，我不想跟姊姊一樣啊。而且……我兩個星期後就可以離開那間大屋了，我不能就這樣死去。」

「啊？你兩個星期後就搬離大屋嗎？此話怎講？」福爾摩斯問。

「我……我也要出嫁了。」海倫有點害羞地說。

「啊，原來如此，恭喜恭喜。」

「也是這個緣故，我昨晚再次聽到那可怕的口哨聲後，知道不能再等了，所以天一亮就來找你，請你一定要幫我！」

「雖然因為這樣給小兔子吵醒了，但你這個決定是正確的。」福爾摩斯說着，向小兔子瞥了一眼。小兔子

頑皮地吐了吐**舌頭**。

「對，你找對人了，福爾摩斯先生是全城最好的**私家偵探**，他會幫忙的。」華生說。

「只是……我現在沒有錢，不過，待我出嫁後，就可以分到媽媽留給我的**遺產**，到時我就可以給你**報酬**了。」海倫說。

「報酬的事你不必擔心，待你有能力時再付也可以，現在最重要的還是先查清案情。」福爾摩斯想了一想說，「可以儘快安排我們去你家視察環境，深入調查一下嗎？」

「今天**下午**如何？後父說今天有事要來倫敦，他下午不在家。」

「好！人命關天，事不宜遲，我和華生醫生今天下午就來，你寫下地址，回去等我們吧。」

海倫寫下地址後，福爾摩斯着小兔子送她離開。比起剛剛到訪時，她已輕鬆很多，予人**如釋重負**的感覺。

待海倫離去後，華生急不及待地問：「你覺得這件案件怎樣？她的那個後父**非常可疑**吧？」

福爾摩斯慢條斯理地答：「從海倫的說法看來，她的後父確實可疑，但那班在前園的吉卜賽人也有嫌疑，因為他們可以爬窗入屋行兇。不過，我們還未到過現場視察，很難作進一步分析。但幸好從海倫口中知道了幾個**關鍵的事情**，可能都與她姊姊茱莉亞的死亡有關。」

「關鍵的事情？」華生問。

福爾摩斯把它們一一列舉：

**1** 口哨聲 —— 某種信號？與行兇有關？

**2** 「鏘」的一聲 —— 金屬碰撞聲，與兇器有關？

**3** 花斑帶 —— 繩索？殺人兇器？

**4** 亡姊的房間 —— 案發現場，也是聽到口哨聲的地方，其位置與行兇有何關連？

**5** 結婚 —— 口哨聲都是兩姊妹快要結婚時才響起，行兇與婚事有密切關連？

# 來者不善

福爾摩斯正想進一步說明之際，大門「砰」一聲被人踢開了，一個**身材魁梧**的巨漢，手持着**馬鞭**走進來，高聲問道：「哪個是福爾摩斯？」

華生大吃一驚，還未知如何對應時，坐在沙發上的福爾摩斯已故意**漫不經心**地說了：「我就是福爾摩斯，請問高姓大名？」

「**哼！**我是史都克·摩倫的格比斯·羅洛特博士！」羅洛特大聲說。

「啊，原來是羅洛特博士，歡迎大駕光臨，請坐吧。」福爾摩斯仍然坐在沙發上，指着海倫剛剛坐過的椅子，示意「**請坐**」。

羅洛特顯然是給福爾摩斯那**泰然自若**的

態度激怒了，他把馬鞭大力，「」的一聲打在桌子上，喝道：「誰要坐你的**歪椅子**，我來問你，我的女兒是否來過這裏？」

啪!!

福爾摩斯沒有回答他的問題，只是打了個**呵欠**，然後從容地站

起來，走到壁爐旁邊，一邊用火鈎子撥動生火的煤炭一邊說：「這個春天好冷呢，害我用多了好多煤炭啊。」

華生初時看到羅洛特來勢洶洶，也生怕會出什麼亂子。但看到我們大偵探那副懶相，羅洛特那大發雷霆的樣子，就變得有如小丑般滑稽了。

「不要裝傻扮懵！我知道你是什麼人，你只不過是蘇格蘭場的走狗，夠膽多管閒事的話，當心……」他說到這裏停下來，一手抓起福爾摩斯剛放下的火鈎子，雙手握着它的兩端用力一拗，就把整條火鈎子拗彎了。

他把彎了的火鉤子往地上一扔，然後以恐嚇的語氣喝道：「看到那條爛鐵嗎！激怒我的話，你就會如那條爛鐵那樣！」

福爾摩斯微笑回應：「嘿嘿嘿，多謝你的忠告，我懂得怎樣做的了。」

「我的家事，不到你管！你好自為之！」羅洛特拋下這句說話，就悻悻然地離去了。

福爾摩斯彎身撿起地上那枝半月形的火鉤子，他握着其兩端用力地向下拗，不

一會，就把它拗直了，然後向看得**目定口呆**的華生單了一下眼，俏皮地說：「怎樣？我的臂力也不太差吧。可惜那傢伙走得快，否則真想讓他見識見識呢。最叫人不爽的是竟然把我當作蘇格蘭場的人，要是給知道了，一定會給他們看**扁**呢，哈哈哈！」

　　華生看完大偵探的表演後，回過神來才問：「他怎會找上門來的？」

　　「還用說，那傢伙一定是**跟蹤**海倫而來的。」福爾摩斯忽然一臉認真地說，「既然海倫的行動已暴露了，我們得趕快出手，否則她會有**性命危險**。」

　　「那麼，我們馬上就出發吧。」華生說。

　　「又不用這麼急，你先吃個豐富的早餐吧。然後，我去查一點事情，中午一點半在滑鐵盧

火車站會合吧。記着，別忘了帶**手槍**。」
福爾摩斯說完，就穿上大衣出去了。

「他究竟去查什麼呢？福爾摩斯永遠都是
這樣，在緊要關頭就打住，不肯透露下一步的
計劃。害得我一個人苦思冥想也理不清頭緒，
唉……」華生想着，只好坐下來吃房東太太弄
好的早餐，但羅洛特的**兇相**揮之不去，讓他
吃得心緒不寧。

# 實地調查

　　福爾摩斯準時到達滑鐵盧火車站，他和華生剛好趕上了前往**賴德漢**的火車。

　　「我到遺產登記處查過，抄下了海倫母親**遺囑**的內容。」福爾摩斯一坐下就說。

　　「有什麼發現嗎？」華生問。

　　「有，而且是重大的發現。」福爾摩斯掏出

一張紙，邊看邊說：「海倫的母親留下了 750 英鎊遺產給她的丈夫羅洛特，不過遺囑上寫明，如果她的女兒結婚，婚後就可分得 250 英鎊。」

「原來如此，即是說，兩個女兒結婚後，羅洛特就會損失英鎊，只剩下250英鎊了……」華生說。

「對，所以海倫的姊姊一說要結婚，就死於非命，結婚成了她的催命符。現在，輪到海倫要結婚了，那張催命符又傳到海倫手上了，她

的處境非常危險。」

　　「實在太沒有人性了,雖然海倫兩姊妹不是他的親生骨肉,但在名義上他也是父親呀,怎可以為了錢而殺死自己的女兒!」華生感到非常氣憤。

　　「**人為財死,鳥為食亡**。這或許就是人

的天性吧。」福爾摩斯說。

「既然我們已知道海倫的姊姊是死在羅洛特手上，應該馬上報警呀！」華生說。

福爾摩斯搖搖頭說：「不行，剛才所說的一切，只是我們猜測他的行兇動機而已，但沒有任何證據可以證明海倫的姊姊是他殺的，況且當地警方兩年前也查不出什麼來，報警也是徒勞。而且，我也很想知道他的犯案手法，馬上報警捉了他，如他不肯自己招供，我又怎會知道他用什麼方法殺人。那麼，我豈非白跑一趟了。」

「說得也是，那怎麼辦？」華生問。

「只能以海倫為餌，引他再次犯案，我們就可

以當場捉住他，這樣的話，他殺人的方法也肯定**無所遁形**了。」福爾摩斯信心十足地說。

「啊……以海倫為**餌**？這樣做會不會太危險？要是他真的殺了海倫怎辦？」華生似乎並不同意。

「哈哈哈，你過慮了，我又怎會叫一個弱質女流**以身犯險**，要冒險的只是我和你。所以，不幸遇害也只會是我和你啊！」福爾摩斯說得輕鬆，但聽在華生　　　　　　耳裏，卻有點

毛骨　　　　　　悚然。

# 犯案前科

抵達賴德漢火車站後，福爾摩斯和華生在車站前叫了一輛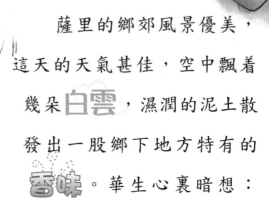小馬車前往海倫家。我們的大偵探交叉雙臂，把帽子拉下蓋住了眼眉，他低着頭，下顎幾乎沉到頸上的圍巾裏，似乎是在思索着什麼。

薩里的鄉郊風景優美，這天的天氣甚佳，空中飄着幾朵白雲，濕潤的泥土散發出一股鄉下地方特有的香味。華生心裏暗想：

「這麼好的景色最適宜一家大小來野餐,但我們竟要 **趕赴險境** 去對付殺人兇犯,這個落差實在太大了。」

「看!」福爾摩斯抬起頭來,指着樹林的那邊說,「看來那兒就是 **史都克·摩倫** 吧。」

華生沿着他指的方向看去,只見一片長滿了樹木的庭園向着前方陡度不大的斜坡伸延,到了最高的地方形成一個茂密的森林,一座破舊的大宅在樹林的枝葉之間若隱若現。

負責駕車的馬車夫是個很健談的老人,當他知道福爾摩斯兩人要去的是羅洛特的大宅後,就 **侃侃而談** 起來。

「啊,你們要去找羅洛特醫生嗎?聽說他家裏正在搞維修工程,你們一定是他僱來的建築師吧?」老人問。

福爾摩斯和華生相視一笑，然後異口同聲地答道：「是的。」

　　「那你們得當心了。」老人欲言又止。

　　「當心？為什麼？是不是因為羅洛特醫生？我們也聽說過他性情比較暴躁，有時不講道理。但我們遇過更橫蠻無理的客人，你不必替我們擔心。」福爾摩斯故意說出話題要點，讓老人減少戒心，好把老人想說的話套出來。

　　「哎呀，你們有所不知了，羅洛特醫生可不是暴躁那麼簡單啊。」老人終於把想說的話

說出來，「他還常常使用暴力，你們知道嗎？
他前幾天把村裏的鐵匠扔下河中，幸好那鐵匠
懂得游泳，否則可能
鬧出人命了。」

「啊！是
嗎？但那鐵
匠有沒有去
報警？」福
爾摩斯問。

「幸好羅洛特醫生有個**孝順的女兒**，他每次闖禍，他的女兒都會暗中出手解決，這次也一樣，她不但向鐵匠道歉，還作出了賠償呢。」老人說。

「原來如此。」

「其實，羅洛特醫生……」老人一邊駕着馬車，一邊轉過頭來**壓低**嗓子說，「……*羅洛特醫生還殺過人啊。*」

「什麼？」福爾摩斯和華生都不禁愕然，因為海倫到訪時並沒有提及此事。

「我也是聽一些村民說的。據說，他在印度**加爾各答**當醫生時，因為家裏一個傭工偷東西，他就把那傭工**狂毆**致死，結果他還被拉

去坐牢呢。」老人說完,連忙往四周看看,生怕讓人聽到似的。

「啊⋯⋯」福爾摩斯**沉吟半晌**,然後問道,「這事很多人知道嗎?」

「這倒不太清楚,聽說他的女兒海倫並不知道此事。人家**不光彩**的事情嘛,村民都不好意思在海倫面前說。況且,海倫是個好人,村民也不想刺激她,讓她難受。」老人**慨歎**。

說着,老人好像看到了什麼,忽然指向遠處說:「看,在花園中的那個女子就是羅洛特醫生的女兒海倫了。我就在這裏停車,你們走路過去吧。羅洛特醫生不喜歡馬車接近他的大

屋。」

「謝謝你的忠告，我們會小心的了。」福爾摩斯謝過後，就與華生下車。

待馬車駛離後，華生向福爾摩斯說：「想不到他還**殺過人**，實在叫人**擔心**。」

「唔……你說得對，這比我的想像還要嚴重。一個人殺過人之後，就像**破了戒**，要是沒有人阻止，會很容易再犯第二次。看來我們來得頗為合時，再晚一點的話，就不堪設想了。」福爾摩斯說。

# 奇怪的睡房

　　海倫在遠處看到了福爾摩斯和華生走近，她連忙*揮手*示意。兩人穿過大花園後，來到了海倫跟前。

　　「謝謝你們到來。」海倫顯得很高興地說，「我一直擔心後父會不會突然回來，幸好沒有，否則他看到你們，一定會**大發雷霆**。」

　　「其實……」華生看一看福爾摩斯，不知道該不該說出實情。

　　「我們已**領教**過令尊大發雷霆時的威風了。」福爾摩斯毫不猶豫地說。

　　「**啊**！」海倫大驚失色，

「怎會……」

「你一離開我們家，令尊就馬上衝進來，還警告我們不要**多管閒事**呢。」福爾摩斯說。

「對，他還拗彎了我們的火鈎子呢。」華生忘不了羅洛特那幕**怒目圓睜**的情景。

「啊……他怎會知道……我去找你們的……」海倫顯得惶恐不安。

「他認識我的名字，也知道我和蘇格蘭場警方有一點兒關係，由此看來，他一定是**偷看**過法林多西太太給你的回信吧。今天早上看到你這麼早出門，疑心一起，就一直跟蹤你到我家。大概就是如此。」福爾摩斯分析道。

「啊，你說得對。法林多西太太給我的回信就放在**抽屜**裏，她有提起你幫助蘇格蘭場破案的事。」海倫恍然

大悟。

「令尊看來一直在監視你的一舉一動呢。」福爾摩斯說。

「那怎麼辦……？給他知道我找你們幫忙，不知道他會……」海倫非常害怕地說。

「嘿嘿嘿，不必太過擔心。」福爾摩斯冷靜地分析，「他沒有撞破我們的會面，反而等你離開後才衝上我們家出言恐嚇，看來是不想因為此事與你直接衝突。你只要裝作若無其事就行了。」

「是的。有福爾摩斯先生幫忙，你不必擔心，要擔心的應該是令尊羅洛特先生呢，因為他遇上了可怕的對手啊。」華生安慰道。

「哈哈哈，不要光說我，還有你華生呢。好了，先別說這些，我們還是抓緊時間看看海倫姊姊的房間吧。」福爾摩斯笑道。

「是的。請往這邊走。女傭人剛好去了市集買菜，維修工人今天休息，現在家裏沒有人。」海倫邊說邊引路。

三人走到大宅前，只見建築物的外牆上有些地方已長了青苔，顯得非常破落。大

宅的右邊看起來保養得比較新淨，屋頂的煙囱還**冒着煙**，只是外牆被敲破了，還架了些棚架。

「這裏架起了棚架呢，連外牆也維修嗎？」福爾摩斯走到棚架前說。

「是的，這是幾天前才架起來的。後父說村民搞破壞，把牆**砸破**了。但我覺得是他自己故意弄出來的，因為他要以這個理由強迫我搬到姊姊房間去。」海倫說。

福爾摩斯來來回回地在屋前**走來走去**，檢查窗邊附近的草地，然後，他又走到中間那扇窗的窗邊小心地**——細看**。那是一扇內有玻璃，外有木板窗的鄉郊建築常見的窗戶。

「你就住在這間本來屬於你姊姊的房間吧。」福爾摩斯回過頭來，指着中間的那扇窗說。

「是的。我搬進這間房後，晚上就聽到了奇怪的口哨聲了。」海倫答。

「麻煩你到這間房裏，把這扇木窗關起來。」福爾摩斯說。

「好的。」海倫依照吩咐，馬上從建築物的門口走到房間裏，從裏面把木窗關起來。

福爾摩斯掏出一把小刀嘗試打開窗板，但窗板並沒有空隙可以讓小刀移動推開窗閂。他想了想，再掏出放大鏡，仔細地檢視鑲住窗戶的合葉*。那對合葉是鐵製的，而且牢牢地鑲在石牆上，也沒有被撬過的痕跡。

*由兩片金屬構成的鉸鏈，如裝在窗上，廣東人俗稱「窗鉸」。

我們的大偵探似乎也給難住了，他向華生說：「合葉沒問題，窗閂也不能用小刀推開，證明只要房裏的人關了窗，就沒有人能從窗口**潛進**房中。這可**剔除**吉卜賽人的嫌疑。」

「那怎麼辦？」華生問。

「到房間裏看看。」

兩人經過大門，**拐進**房間所在的走廊，只見三間房間並排在一邊，另一邊是堵牆，只有兩個細小的**氣窗**，就像海倫的草圖一樣。

「請來這邊。」海倫從房間走出來揮手。

他們連忙趨前，走進海倫亡姊的房間內。那是一間**佈置簡單**的睡房，家具看來都比較陳舊，只有一張床、一個衣櫃、一張梳妝枱和一張圓形的桌子，在梳妝枱和圓桌前面都各放了一張椅子。

福爾摩斯一聲不響就走到壁爐前蹲下，再鑽進壁爐裏去，他舉頭看了一看，只見爐頂裝了牢固的鐵柵。

　　「向花園的窗戶不能進來，壁爐上面又裝了鐵柵，有人想從煙囱走下來，也進不了房間。」福爾摩斯從壁爐裏鑽出來說。

　　「其實這房間好普通。」華生說。

　　福爾摩斯在房內踱了一個圈，然後說：「房間的陳設一般，但也有特別的地方。」

　　「是嗎？有什麼特別？」華生問。

　　福爾摩斯看着鑲在牆上的一條用來叫人的鈴繩問：「那條鈴繩通往哪裏？」

「應該是通往廚房吧，我們有一個女傭人，她日間大都在廚房工作，晚上就會到花園左邊的小屋居住。」海倫說。

福爾摩斯再往四周的家具和陳設打量了一下，說：「這條鈴繩看來比較新呢，是新裝上去的嗎？」

「大概是兩年前裝上去的。」

「是你姊姊要求裝上去的嗎？」

「我也不太清楚，但好像沒見過她用。」海倫說。

「這就有點奇怪了。」說着，福爾摩斯拉一拉鈴繩。但鈴繩並沒有響起來，他再用力拉了幾下，鈴繩仍然沒有發出任何鈴聲。

「咦？怎麼沒響呢？」

華生看一看海倫，問道。

「沒響嗎？我也不太

清楚。」海倫也有點意外。

福爾摩斯檢視了一下把鈴繩鑲在

牆上的金屬扣，然後說：「這是一條假的鈴

繩，只是裝在牆上，並沒有連接到外面。」

這時，我們的大偵探

注意到鈴繩後面的通氣

口，於是問道：「那個

通氣口是通往你後

父的房間吧？」

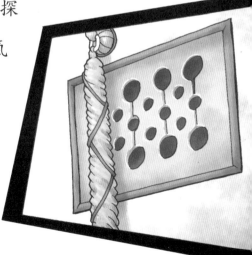

「是的，隔壁就

是後父的睡房。」

「跟不會響的鈴繩一樣，這個通氣口也有點

奇怪。一般的 通氣口 只會裝在向走廊或者向外的地方，不會裝在房與房之間。」福爾摩斯說。

「有道理。裝在房與房之間的話，就沒有 通氣 的效果了。」華生點頭同意。

「不但不能通氣，還會聞到鄰房傳來的氣味呢。你姊姊說聞到的雪茄 煙味，一定就是從這個通氣口傳過來的。」福爾摩斯對海倫說。

海倫想了想說：「那個通氣口也是兩年前才加裝的，跟裝上鈴繩的時期差不多。」

「看來也是，通氣口還很新淨，它的金屬框沒有 生鏽 的痕跡。」華生補充。

「同一時期裝的嗎……？」福爾摩斯露出嚴峻的表情，他從牆角退後到睡房的中間，注視着鈴繩、通氣口和鈴繩旁邊的 大床 。突然，

他好像發現什麼似的走到床前趴在地上，他看了看床腳，只見床腳被直角形的角鐵牢牢地釘在地板上。

他站起來想了想，再走到另外三隻床腳去檢查，發現其他床腳也被角鐵釘在地板上。

「除了鈴繩和通氣口，這張床的床腳也很特別，四隻腳全被釘牢了，想移動這張床也不行。這間睡房一點也不普通啊。」福爾摩斯閉目沉思了一會後再說，「這間房看夠了，到你後父的睡房看看吧。」

# 莫名奇妙的道具

睡房並沒有上鎖，三人開門就進去了。

福爾摩斯馬上注意到的是放在牆角的一個

保險箱，他問道：「保險箱裏有什麼？」

「一些文件之類的東西吧。」

「你後父有養貓嗎？」

「沒有呀，他只在花園裏養了一頭由印度帶

回來的獵豹和狒狒。」

福爾摩斯拿起放在保險箱上的一小碟

**牛奶**，問：「那麼，牛奶用來做什麼？對狒狒和獵豹來說，這個碟子太小，不會用來餵飼牠們吧？」

海倫搖搖頭，似乎也想不出原因。

福爾摩斯走到連接鄰房的那個通氣口下面，他拿出放大鏡小心地檢查放在通氣口下方旁邊的一張**沙發椅**，只見那張椅子中間凹陷得比較嚴重，看來是長期被重物**壓過**。

檢查完後，他把椅子挪到通氣口的正下方，再踏上去窺看通氣口，看來並沒有發現什麼。當正要下來時，卻注意到

牆上掛着一條**長鞭**。他取下鞭子，向海倫問道：「你知道這用來做什麼的嗎？」

「這個⋯⋯

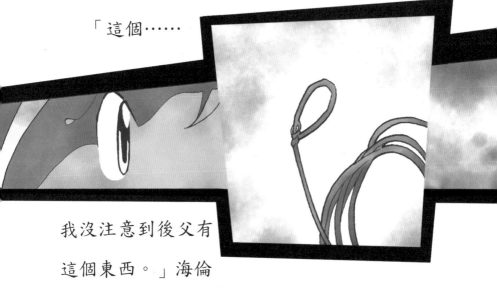

我沒注意到後父有這個東西。」海倫猜想，「或許是訓練狒狒和獵豹的鞭子吧。」

「但鞭的前端這個**小卷**呢？它有什麼用？」福爾摩斯拿起鞭子的前端說。

「訓練動物的鞭子不會有這個小圈，一定有什麼**特殊的用途**吧。」華生說。

福爾摩斯靜靜地注視着鞭上的小圈好一

會，他面上掠過一抹 **陰影**，彷彿想通了什麼
似的自言自語：「好可怕的傢伙！越聰明的人

床腳

鈴繩與通氣口

夾萬

牛奶

凹陷的椅子

長鞭

就越可怕，你不知道他會想出什麼**可怕**的**主意**來害人……」

海倫聽到他這麼說，整個人也**繃緊**了，顯得坐立不安。

福爾摩斯走到窗前，指着遠處的一棟樓房向海倫問道：「那棟樓房是不是一間**旅館**？」

「是的。」

「你在夜晚可以看到旅館的燈光吧？」

「可以，還看得很清楚。」

福爾摩斯沉吟半晌，然後說：「從這裏可以看到旅館的**燈光**，即是說，從旅館也可看到這房間的燈光。」

華生不明所以地問：「看到燈光又怎樣？」

「打暗號。」福爾摩斯說。

「打暗號?」海倫和華生不約而同地問。

福爾摩斯以非常嚴肅的口吻向海倫說:「我們現在去那間旅館借宿,你待後父回家後,就假裝頭痛回房休息,當聽到他也回房關門後,就打開這個窗戶,點着一盞油燈放到窗邊。」

「這就是暗號?」華生問。

「對,我們在旅館那

邊看到 暗號 後，馬上偷偷竄回來，經過窗戶潛進這間房中埋伏。我估計羅洛特今晚一定有所動作！」

「那麼海倫呢？她也留在這間房中嗎？會不會有點危險？」華生擔心地問。

「不，海倫放好油燈後，就悄悄地回到她本來的房間中 暫避一晚 。」福爾摩斯說完，轉頭向海倫問道，「可以嗎？」

「可以。我原來的房間雖然正在裝修，但睡一晚沒問題。」

「那很好。記住！必須照我剛才的吩咐去做，一切要 小心行事 ，不可讓你後父察覺有任何異樣。」福爾摩斯說得斬釘截鐵。

海倫不安地問：「我明白的。但是……你為什麼要在這裏埋伏呢？」

「因為我要找出**口哨聲**的來源，和吹這口哨的目的。還有，你說過在令姊死亡當晚，曾聽見『**鏗**』的一聲金屬響聲吧，今晚可能就會知道那是什麼聲音了。」福爾摩斯說。

「那麼……可告訴我姊姊為什麼會突然死去嗎？」海倫問。

「沒估計錯的話，**真相**也會在今晚**揭曉**。」說完，福爾摩斯向華生道，「我們該走了。」

「是的，不然碰到羅洛特回來就壞事了。」華生**匆忙**跟着福爾摩斯離開。

# 案情分析

　　福爾摩斯和華生向旅館要了一間面向羅洛特大宅的房間，一如所料，從房間的窗戶可以清楚看到海倫亡姊的睡房。

　　「咦？那是羅洛特的 **馬車** 吧？他好像回來了。」華生站在旅館二樓的窗旁，指着遠處的馬車說。

　　「嘿嘿嘿，他回來就好了。他才是主角，今晚的 **好戲** 不能沒有他。」福爾摩斯嘴裏說得輕鬆，但表情卻

相當嚴峻。

「我總有點兒替海倫擔心，她一個人能應付得了嗎？」華生顯得憂心忡忡。

福爾摩斯拍一拍華生的肩膀說：「這個倒不必擔心。越聰明的人越有自信，羅洛特是個聰明人，他會以為一切都掌握在自己手中，不會直接加害於海倫，只會以殺死她姊姊的手法在今晚深夜重施故技。所以，海倫現在很安全。」

「那我就放心了，我們畢竟該把海倫的安全放在第一位。」華生放下心頭大石。

「不過，我在想應不應該叫你一起去冒險。」

「什麼？難道你認為我不能幫忙嗎？」華生不滿地道。

　　「不，你來的話，可以有個**照應**。只是……我覺得今晚會相當危險，一不小心，就會丟掉性命。」

　　「**我不怕危險**，讓我一起去吧。我也想親眼看看那個兇徒的犯案手法。」華生以堅定的語氣要求。

　　「好吧！那我們一起去吧。」

　　「不過，我倒想先聽聽你的**案情分析**，除了那不會響的鈴繩、通氣口和釘着床腳的直角形角鐵外，還有什麼值得懷疑的地方？」華生問。

　　「**值得懷疑的地方多着呢**。就讓我來作一個概括的總結吧。」福爾摩斯一一說出了他以下的分析。

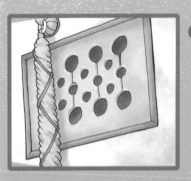

**1** 海倫的姊姊是兩年前死的，那鈴繩和通氣口也是兩年前裝上去的，在時間上有吻合的地方。

**2** 鈴繩裝在通氣口的上方，在位置上有些可疑，因為這個裝法並不美觀。一般來說，只會把鈴繩裝在通氣口的旁邊。

**3** 睡床的床腳被直角形的角鐵釘在地上固然可疑，但為什麼要固定在那個地方更值得思考——例如，它與鈴繩的位置是否有特別關連呢？

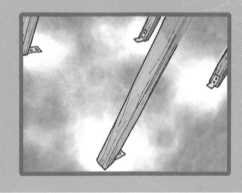

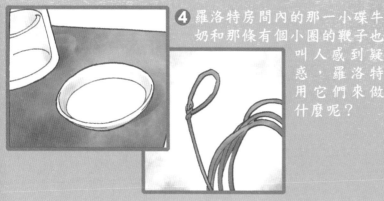

**4** 羅洛特房間內的那一小碟牛奶和那條有個小圈的鞭子也叫人感到疑惑,羅洛特用它們來做什麼呢?

**5** 記得那張放在通氣口下的沙發椅嗎?它中間的軟墊凹陷得很奇怪,就像兩個凹陷的腳印,好像給人長期踏過似的。

「啊……」華生聽得**啞口無言**,他又一次見識到我們大偵探的觀察入微。

「好了,到下面的飯堂吃過晚飯就睡一覺吧。今晚我們可要**熬夜**啊。」福爾摩斯說。

# 黑暗中的殺機

夜晚**11點鐘**左右，一直在窗前監視的福爾摩斯突然眼前一亮，他看到了海倫的**暗號**——她的窗口有一盞油燈**閃閃發亮**！

福爾摩斯推醒睡在沙發上的華生說：「快起來！我們要出動了！」華生一個**翻身**，馬上抓起桌上的手槍插到腰間。

「噓！」福爾摩斯把手指放在唇邊，示意輕聲一點，並提醒道，「別忘了帶你的手杖。」

為免驚動旅館的其他人，他們打開房門悄悄地走到樓下，只見前檯的接待員

正在打瞌睡。兩人相視一笑，然後躡手躡腳地走出了旅館。

一走出旅館，福爾摩斯和華生就拔足狂奔，直往羅洛特的大宅跑去。當跑到一棵樹下時，一個黑影突然躍下擋在兩人前面！

「糟糕！給發現了！」華生連忙拔出腰間的手槍，迅速地

指向那個黑影。

「**且慢！**」福爾摩

斯連忙舉手制止，「那不是羅洛

特，看來只是一隻大猴子。」

華生定睛一看，原來是一頭**狒狒**。牠

好像也受驚了，閃着惶恐的眼睛看一看兩

人，就急急**竄進**樹林之中消失了。

「海倫說過羅洛特在花園裏養了一

頭狒狒和獵豹，幸好我們遇到的是

頭狒狒，要是那是頭 **獵豹** 就麻煩

了。」福爾摩斯打趣說。

「那麼，趁那頭獵豹還未走出來，我們還

是快點跑吧。」

華生說完，就一枝似的奔往大宅去了。福爾摩斯往左右看一看，見沒有什麼

動靜，也跟着華生跑去。

兩人**不動聲色**地鑽進窗口，悄悄地爬進房間裏。福爾摩斯從口袋中掏出早已準備好的一枝**蠟燭**和一盒**火柴**放在床邊，然後把油燈吹熄。整個房間馬上陷入一片漆黑之中。

福爾摩斯和華生靜靜地坐在黑暗中，等待着那可怕的一刻的來臨。那是一個漫長的夜晚，他們屏住呼吸，豎起**耳朵**，不放過任何細微的聲響。可是，華生只感到自己激烈的心

跳，並沒有聽到任何聲音。

突然，通氣口透進一絲微弱的燈光，福爾摩斯赫然一驚。接着，一陣燃燒油燈的氣味傳來，顯然，羅洛特在鄰房點亮了油燈。不久，傳來了一陣「嘶嘶嘶……嘶嘶嘶……」的聲音。

福爾摩斯把全身的注意力都集中到兩隻耳朵中，那陣「嘶嘶嘶……」的怪聲斷斷續續的響起，不全神貫注的話，幾乎就聽不到。

福爾摩斯聽準了聲源，馬上擦亮火柴，迅速把蠟燭點着，然後往鈴繩照去！在微弱的燭光下，只見一條花斑帶正從通氣孔沿着鈴繩爬下來！

就在福爾摩斯點亮了蠟燭的那一刻，一陣「噓噓噓……噓噓噓……」的口哨聲馬上響起，好像

在召喚着什麼似的。

　　但說時遲那時快，福爾
摩斯二話不說，一手抓起
華生的手杖就往花斑帶
打去！**啪啪啪！** 他用力
地連打了幾下。花斑帶看似受
驚，急急地從氣孔中逃回鄰房去。

　　「花斑帶！華生！你看到了那花斑帶嗎？」
福爾摩斯驚魂未定似的問道。

　　「那就是花斑帶嗎？怎麼會動的？」燈光太
暗了，華生還未弄清那究竟是什麼。

　　「那就是花斑帶，一條帶有花斑的……！」
福爾摩斯正想說下去時……

　　**哇呀～！**
　　突然，傳來一陣叫人 **毛骨悚然** 的慘叫。

# 花斑帶的真身

「**啊！鄰房有人慘叫！**」華生大驚。

「聰明反被聰明誤，這或許就是天意……我們過去看看吧。」福爾摩斯看似早有預感地歎了一口氣說。

華生連忙點亮油燈，與福爾摩斯一起奔出房間，與此同時，海倫也聞聲走了出來。三人衝進羅洛特的房間查看，只見羅洛特倒在一張反轉了的椅子前面，那條鞭子則掉在地上，他頭上更纏着一條花斑帶，不，纏在他頭上的，是一條身上佈滿花斑的毒蛇！

福爾摩斯指着那條毒蛇，對海倫說：「花斑帶……那就是你姊姊口中的花斑帶了。」

那條**蠕蠕蠕動**的毒蛇突然舉起頭來，發出「嘶嘶嘶嘶」的聲音，向三人吐出**血紅**的舌頭。海倫嚇得連忙向後退。

「看！保險箱是開着的。」華生說。

福爾摩斯撿起那條特別設計的**鞭子**，用它前端的小圈套進毒蛇的頭上，順勢舉起**一扔**，把蛇丟進保險箱中。華生這時才知道，特製的鞭子原來是這樣用的。

「鏗鏗」的一聲，福爾摩斯把保險箱的門關上，然後對海倫說，「你聽到的金屬聲，就是關上這個保險箱的聲音。羅洛特把它當作飼養毒蛇的 鐵籠 [1]，那一小碟牛奶[2]，是餵給毒蛇喝的飼料。」

「原來……羅洛特的殺人武器是一條毒蛇……」華生驚訝地說。

「對，海倫的姊姊就是給毒蛇咬死的。那條看來是印度產的毒蛇，給牠咬了，幾秒鐘內就會中毒身亡。羅洛特一定是不想把遺產分給海倫兩姊妹，所以要在她們出嫁前動手殺人。」福爾摩斯說。

*1&2：各位讀者，你們認為福爾摩斯分析得合理嗎？請找出破綻。

「毒蛇咬人的**傷口**很細小，如果驗屍的醫生驗得不仔細，就驗不出死因了。」華生猜測。

「但是……那些口哨聲又是什麼意思？」海倫**猶有餘悸**地問。

「口哨聲是指揮毒蛇行動的**信號**，印度人就是用笛聲來控制眼鏡蛇表演[*]的。羅洛特一定是在印度時學懂這個**玩意**的。」福爾摩斯說，「他每天晚上趁你們睡着了，就攀上椅子，利用通氣口把蛇放到鄰房去。蛇鑽過通

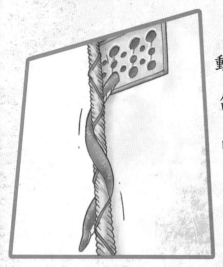

[*]福爾摩斯說得對嗎？請找出破綻。

氣口，就可以**沿着鈴繩**爬到大床上。」

「啊！」華生恍然大悟，「難怪要**釘**着大床的四隻腳，只有這樣才可保證大床不能移開，以便毒蛇爬到床上。」

「對。」福爾摩斯對海倫說，「不過，毒蛇不一定咬人。於是，羅洛特每天晚上趁**夜闌人靜**之際，就把蛇放到鄰房中碰運氣，因為他估計總有一天，毒蛇會沿着鈴繩爬到床上行兇。」

華生想了一想，補充道：「行動成功與否，只要吹響口哨，毒蛇又會乖乖地爬回自己的房中去*，那就**神不知鬼不覺**了。所以，海倫和她姊姊生前每晚都聽到口哨聲，因為那是控制毒蛇行動的指令。」

「說得對，這是個**絕頂聰明**的人才能想出

＊華生的說法有漏洞啊！請找出破綻。

來的方法。」福爾摩斯說着，扶起那張倒下的椅子，指着椅墊**凹陷**的地方繼續道，「他一定是每晚都站在椅上，在通

氣口附近吹響口哨控制毒蛇，卻想不到被逃回來的毒蛇**迎面咬中**。毒蛇被我打痛後失去常性，連主人也不放過。羅洛特以毒蛇害人，反倒害了自己，這也可以說是**天意**吧。」

「原來如此……姊姊死得好慘……後父竟然這麼狠心……」海倫不禁掩面痛哭。

「好了，我們也該走了。海倫，天亮了你就報警吧。**我們不會把今天晚上的內情說出去，你千萬要保重啊!**你的結婚典禮正等着你去辦，

這是你的人生大事，<u>不容有失啊</u>。」福爾摩斯

輕輕地拍一拍海倫的肩膀，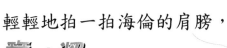地安慰道。

海倫一怔，然後轉過身來，眼神堅定地凝視着福爾摩斯，似有所悟地點了點頭。

華生心中納悶：「怎麼現在丟下海倫就走，她不是太可憐了嗎？我們應該陪她去報警呀。」但華生沒有把心裏的疑問說出來，因為他知道我們的大偵探一定有他自己的理由。

# 體貼的大偵探

　　兩人回到旅館反正睡不着，就打起撲克牌來，一直打到天亮，然後叫了輛馬車到火車站去。

　　「咦？不是福爾摩斯先生嗎？」兩人正在買火車票時，身後傳來了一把熟悉的聲音。回頭一看，原來是 狐格森 和 李大猩 ！他們身後還有一個沒神沒氣的犯人被狐格森用 繩 牽着。

嗨！

福爾摩斯
先生！

!?

「啊，真巧呢。沒想到來這裏度假也會碰到你們呢。來查案嗎？」福爾摩斯問道。

「是啊，來**押解**一個逃犯回倫敦。」李大猩指一指身後的犯人，然後繼續說，「沒想到今早還遇上一宗**毒蛇**咬死人的事件，本地的警察還邀請我們去現場看呢。」

「毒蛇咬死人？」華生暗吃一驚，瞥了福爾摩斯一眼。

福爾摩斯**不動聲色**，悠然地吐了一口煙道：「鄉下地方多蛇，咬死人並不稀奇啊。」

「不是啊，據死者的女兒說，死者是個退休醫生，他在家裏把玩自己飼養的毒蛇，卻不小心被咬死了。他的死相還很**恐怖**呢。」狐格森煞有介事地說。

「對！很可怕的表情，像這樣。」

李大猩張大口，吐出舌頭，順手把牽着犯人的繩子當作毒蛇圈在頸上，裝出一副很恐怖的死相。不過在華生眼中，那與其說是**恐怖**，不如說是滑稽吧。

「**哈哈哈！**」李大猩身後的犯人看到了，也不禁笑出聲來。

「豈有此理！這裏輪到你笑嗎？」李大猩「**啪**」的一聲，一掌打在犯人的腦瓜兒上。

福爾摩斯笑道：「好了，不妨礙你們辦正經事了，再見。」說完，就向華生使了個眼色，逕自往火車的第二卡走去。

火車上，華生還沒坐好就問道：「怎麼會這樣的？為何海倫不把實情告訴警方？」

「這樣不是更好嗎？」福爾摩斯說。

華生聽不明白。

福爾摩斯深深地歎了一口氣說：「海倫快要出嫁了，你想她在出嫁前牽涉到後父的謀殺案裏去嗎？」說完，他就閉目養神去了。

華生聞言，想了一想才恍然大悟。他睜大眼看着福爾摩斯，只見陽光剛好從車窗透進來，散落在福爾摩斯身上，讓他全身沉浸在和煦的晨光之中。華生彷彿看到，他的這位同屋人身上散發出一陣叫人感動的光芒。

　　「這個是怎樣的人啊⋯⋯他除了查案了得之外，怎會為人家的處境也想得那麼周到呢？」華生心裏激動地想，「我實在**太糊塗**了，竟然沒想到海倫的處境。如果我們與海倫一起報警，警方一定**尋根究底**，我們就不得不把她後父兩年前殺死女兒的事公諸於世。那麼，海倫就會成為冷血**兇犯**的**女兒**，這不但會影響她的家聲，甚至可能影響她的婚事⋯⋯」

想到這裏，華生一掌拍在福爾摩斯的肩膀上，激動地叫道：「**了不起！**我無話可說了！」

福爾摩斯張開他那半睡半醒的眼睛，說：「別吵好嗎……？我正睡得好香啊。**嘿嘿嘿**……反正羅洛特已受到懲罰，我們的任務也完成了，為了海倫着想，其他事就不要去多管啦。」說完，他又倒頭大睡去了。

「你……你怎會知道我在想這個問題的？」華生驚奇地問。

我們的大偵探發出微弱的鼻鼾聲，已沉睡在他的夢鄉之中。

火車「**隆隆隆**」地在軌道上前行，不一

刻，就消失在田野的地平線上，一宗奇案亦永遠**埋藏**在福爾摩斯和華生的心中……

　　可是，華生**嘴不嚴**，在小兔子多番追問下，竟透露了案情！小兔子似乎對印度人以笛子控制毒蛇的方法甚感興趣，還說自己也要當個「**耍蛇人**」！他會是個怎樣的「耍蛇人」呢？

# 福爾摩斯破案漏洞大剖析

厲河
（改編者）

在p.111中，福爾摩斯認為那保險箱是飼養毒蛇的鐵籠。真的是這樣嗎？

密不透氣的保險箱是不能用來飼養動物的，因為牠會窒息而死啊！

在同一頁中，福爾摩斯説那一碟牛奶是給毒蛇喝的。他説得對嗎？

當然不對了，蛇只會吃青蛙和老鼠之類的小動物（大蟒蛇可吃更大的動物），是不會喝牛奶的。

在p.112中，福爾摩斯説口哨聲可以向蛇發出指令，就像印度的耍蛇人吹笛那樣。真的是這樣嗎？

這也是不對的。聲音是通過空氣振動來傳播的，蛇沒有耳朵和鼓膜，只能靠身體去感應空氣振動來「聽」取聲音。但微弱的口哨聲和笛聲是難以讓蛇「聽」到的。其實，耍蛇人在表演時，往往會暗中用腳拍打地面或者踢動蛇籠，通過震動來給蛇發出指示的。

嗒嗒嗒

爬呀

爬呀

在p.113中，華生說蛇可以沿着鈴繩爬回房中。蛇真的有這個本事嗎？

蛇當然沒有這個本事，除非那條鈴繩像一枝竹那樣不會搖來搖去吧。

啪!!

聽起來，好像很多漏洞呢。所以，我們看偵探故事時，必須自己也動動腦筋分析，這樣才好玩和學到更多知識啊！

原著 / 柯南·道爾
（本書根據柯南·道爾之《The Speckled Band》改編而成。）

改編&監製 / 厲河　　　繪畫&構圖編排 / 余遠鍠
封面設計 / 陳沃龍　　　內文設計 / 麥國龍　　　編輯 / 蘇慧怡

出版
**匯識教育有限公司**
香港柴灣祥利街9號祥利工業大廈2樓A室

承印
天虹印刷有限公司
香港九龍新蒲崗大有街26-28號3-4樓

發行
同德書報有限公司
九龍官塘大業街34號楊耀松（第五）工業大廈地下
電話：(852)3551 3388　　傳真：(852)3551 3300

第一次印刷發行　　　　　　　　　　　　2011年1月
第十三次印刷發行　　　　　　　　　　　2021年7月

想看《大偵探福爾摩斯》的
最新消息或發表你的意見，
請登入以下facebook專頁網址。
www.facebook.com/great.holmes

若發現本書缺頁或破損，
請致電25158787與本社聯絡。

ISBN:978-988-78100-9-4
港幣定價 HK$60
台幣定價 NT$270

網上選購方便快捷　　　購滿$100郵費全免
詳情請登網址 www.rightman.net